AF356095

VENTE

APRÈS DÉCÈS DE M. B...

HOTEL DROUOT, SALLE N° 7

Le Jeudi 12 Novembre 1908

A DEUX HEURES

EXPOSITION PUBLIQUE

Le Mercredi 11 Novembre 1908

DE 1 HEURE 1/2 A 5 HEURES 1/2

MEUBLES & OBJETS D'ART

ANCIENS ET MODERNES

TABLEAUX, DESSINS

Anciens et Modernes

BRONZES ANCIENS des XVIe, XVIIe et XVIIIe siècles

BEAUX LIVRES MODERNES ILLUSTRÉS

COMMISSAIRE-PRISEUR

Me F. COUTANCEAU

7, rue Sainte-Anne

EXPERTS

MM. M. PAULME & B. LASQUIN Fils

10, rue Chauchat | 12, rue Laffitte

M. LUCIEN GOUGY, Libraire

5, quai Conty

CATALOGUE

DES

MEUBLES & OBJETS D'ART

Anciens et Modernes

Importante commode Louis XVI, estampillée MOREAU

CHAISES HOLLANDAISES, ÉPOQUE LOUIS XIII

TABLEAUX, DESSINS ANCIENS & MODERNES

par

VICTOR DUPRÉ, ROBERT LEFÈVRE, CARLE VERNET,
DES ÉCOLES FLAMANDE, ITALIENNE ET HOLLANDAISE

BRONZES ANCIENS, PENDULES

Série de bronzes des XVIe, XVIIe et XVIIIe Siècles et Antiques

PENDULES LOUIS XIV ET LOUIS XVI

BOUTONS

OBJETS DE VITRINE, BOITES LOUIS XVI

Bas-relief en Terre cuite du XVIIIe Siècle, Marbres

Objets divers, Armures et Tentures Japonaises

BEAUX LIVRES MODERNES ILLUSTRÉS

DONT LA VENTE, PAR SUITE DU **Décès de M. B*****, AURA LIEU

HOTEL DROUOT, SALLE N° 7

Le Jeudi 12 Novembre 1908, à 2 heures

COMMISSAIRE-PRISEUR

Mᵉ **FERNAND COUTANCEAU**, 7, rue Sainte-Anne

EXPERTS

Pour les Objets d'Art :	*Pour les Livres :*
MM. M. PAULME ET B. LASQUIN FILS	**M. LUCIEN GOUGY**, Libraire
10, rue Chauchat | 12, rue Laffitte	5, quai Conti

PARIS

Chez lesquels se distribue le présent Catalogue.

EXPOSITION PUBLIQUE

Le Mercredi 11 Novembre 1908, Salle n° 7, de 1 h. 1/2 à 5 h. 1/2

CONDITIONS DE LA VENTE

Elle sera faite *au comptant*.

Les adjudicataires paieront *dix pour cent* en sus des enchères.

L'exposition mettant le public à même de se rendre compte de l'état et de la nature des objets, aucune réclamation ne sera admise une fois l'adjudication prononcée.

Paris — Imp. de l'Art, Ch. Berger, 41, rue de la Victoire.

DÉSIGNATION

TABLEAUX, DESSINS

ANCIENS ET MODERNES

DUPRÉ (VICTOR)

1 — *Vaches se désaltérant dans une mare.*

Toile signée.

HEMINEL (LÉON)

2 — *Poulaillers.*

Deux pendants sur toile.

LEFÈVRE (ROBERT)

3 — *Baptéme du Comte de Chambord.*

   Petite toile.

180

VERNET (CARLE)

4 — *Sortie de Cavaliers contre les Mamelouks.*

   Toile signée, datée : *Salon de 1814.*

605

ÉCOLE FLAMANDE (XVIᵉ siècle)

5 — *Petit Portrait d'Homme coiffé d'un haut chapeau de
   feutre noir.*

   Cadre en bois sculpté doré. Époque Louis XIV.

290

ÉCOLE ITALIENNE

6 — *Paysage montagneux avec torrent et personnage.*

   Toile.

260

7 — *Paysage d'Italie.*

   Toile.

ÉCOLE HOLLANDAISE

135

8 — *Petit Portrait de Femme.*

Toile.

ÉCOLE DE 1830

9 — *Couple galant dans un paysage.*

Toile ovale.

10 — *Portrait d'un Turc.*

Toile.

11 — Trois dessins dont un à la sépia, par CAMILLE ROQUEPLAN et un à la plume, par E. LAMI.

12 — Gravure d'après VAN DYCK : *Portrait de Charles Ier*.

OBJETS DIVERS

PORCELAINE, TERRES CUITES

MARBRE, CUIVRE, ARMURES, ETC.

13 — Vase à ognons en ancienne porcelaine tendre de Chantilly, décor coréen.

14 — Paire de vases en porcelaine bleue de Sèvres, décorée en dorure; base en bronze ciselé doré.

15 — Magot chinois, tête et mains mobiles, en porcelaine décorée en couleur.

16 — Paire de grands vases en céladon craquelé de Chine, montés en lampes disposées pour le gaz.

17 — Boîte ronde en écaille brune, montée en or, à galons. Époque Louis XVI.

18 — Boîte rectangulaire à coins arrondis en or émaillé bleu, avec sujet champêtre sur le couvercle. Commencement du xixᵉ siècle.

160 19 — Étui à cire en or ciselé. Époque de la Restauration.

325 20 — Carton de trente-deux boutons Louis XVI en émail
bleu et strass.

21 — Livre d'échantillons d'étoffes, reliure ancienne en
maroquin.

1.160 22 — Bas-relief en terre cuite, du XVIIIe siècle : allégorie
de l'Automne.

23 — Bas-relief en terre cuite : Femmes et Enfants.
XVIIe siècle.

24 — Coupe en onyx, sur trépied, en bronze ciselé doré.

25 — Coupe en porphyre et marbre.

26 — Colonnette et vase amphore en marbre de couleur.

27 — Jardinière ovale en cuivre ajouré et à godrons.

28 — Deux lanternes et paire de flambeaux en cuivre
repoussé et gravé.

29 — Aiguière et son bassin en cuivre gravé et ajouré.
Travail oriental.

30 — Partie de bassin, bassin, et lampe en cuivre gravé
et ajouré.

31 — Deux coffrets en bois, dont un avec ferrures,
paire d'étriers en fer et pied de flambeau en fer
damasquiné. xvɪe et xvɪɪe siècles.

32 — Neuf pièces chinoises : statuettes, chimères, vase
porte-bouquet, etc... en bronze, bois sculpté et
porcelaine.

33 — Deux armures complètes de guerriers japonais.

34 — Paire de flambeaux en argent repoussé et fourré.

35 — Trois flambeaux anciens, dont un à deux lumières,
en cuivre.

36 — Grand lustre hollandais en cuivre, à seize lumières.
xvɪɪe siècle.

37 — Paire de landiers en fer forgé.

BRONZES D'ART
ET D'AMEUBLEMENT
PENDULES

38 — Deux bronzes anciens à patine : médaille, figures couchées et allongées, Homme nu et Femme endormie et drapée ; sur socle en bronze ciselé doré, à feuillage.

39 — Statuette d'Antinoüs en bronze patine médaille du XVIᵉ siècle.

40 — Statuette de Gladiateur en bronze patine verdâtre. XVIᵉ siècle.

41 — Statuette de Neptune en bronze ancien patine brune, socle en marbre.

42 — Statuette de Diogène en bronze ancien patine brune, sur socle en granit.

43 — Milon de Crotone, groupe en bronze patine brune, socle en marbre rouge.

44 — Taureau marchant, bronze ancien patine verte, sur
socle en marbre griotte.

45 — Statuette de Vieillard assis en bronze ancien patine antique, socle en porphyre et granit.

46 — Statuette d'Hercule, tenant une massue, en bronze
ancien patiné.

47 — Statuette de Bacchus en bronze ancien patiné,
socle en marbre.

48 — Statuette de Pâris en bronze ancien patiné.

49 — Ibrahim, cheval en bronze patiné, par P.-J. Mène.

50 — Sanglier couché, bronze patiné, sur socle en
marbre rouge.

51 — Paire de flambeaux en bronze, à cannelures en
spirales. Époque Louis-XV.

52 — Paire de chenets en bronze ciselé doré, modèle à
amour et rinceaux, de style Louis XVI.

53 — Paire de bras-appliques en bronze doré, de style
Louis XVI.

54 — Importante pendule en marbre blanc et noir, ornée
de bronzes, avec socle à musique, le cadran supporté
par un portique à colonnes. Époque Louis XV.

55 — Pendule-religieuse en marqueterie de cuivre,
écaille et bronze doré, ornée de mascarons à têtes de
femmes reposant sur quatre pieds-griffes. Époque
Louis XIV.

56 — Pendule-religieuse en écaille rouge et bronze doré,
de l'époque Louis XIV.

MEUBLES ET SIÈGES

ANCIENS ET MODERNES

57 — Grande et belle commode, de forme demi-lune,
en marqueterie de bois de couleur ; elle ouvre à cinq
tiroirs, dont trois à la ceinture, et à deux portes sur
les côtés, richement ornementée de bronzes ciselés
tels que : encadrements de baguettes à feuilles d'a-
canthe, rangs de perles, filets, feuillages de lauriers
noués de rubans, vases de fleurs, entrées de serrures
et anneaux de tirage, tablier, etc. ; elle repose sur
quatre pieds fuselés à cannelures en spirales, dessus
de marbre blanc ; et porte l'estampille de *D. Moreau*,
maître ébéniste. Époque Louis XVI.

Dimensions : Larg., 1 m. 50 cent.; prof., 60 cent.;
haut., 03 cent.

58 — Meuble-cabinet en bois noir et palissandre, incrusté
de filets d'ivoire ; il ouvre à deux portes extérieures
et dix tiroirs intérieurs, avec niche centrale ; richement orné de motifs et figurines en ivoire sculpté.
Époque Louis XIII. Repose sur une table-support en
bois noir.

59 — Meuble flamand en chêne sculpté et palissandre, ouvrant à quatre portes ornées de marqueterie, et à deux tiroirs médians ; ornementé de frises à rinceaux de feuillages et amours. En partie du XVIIe siècle.

500

60 — Console en bois sculpté doré, de style Louis XVI.

195

61 — Porte-manteau en chêne sculpté, avec table mobile.

62 — Table en noyer mouluré, traverse à balustres. Style Henri II.

63 — Table à jeu en ébène, incrustée de nacre, ivoire et écaille rouge.

64 — Fauteuil et cinq chaises hollandaises en bois sculpté, à hauts dossiers, couverts de cuir ciselé à fond d'or et clouté de cuivre. Époque Louis XIII.

65 — Deux fauteuils en bois sculpté, à hauts dossiers, couverts de tapisserie au point.

3.500
Velghe Tapisserie du XVIIIe nymphes dans un paysage, signée de Mercier à Dresden

TENTURES

66 — Deux panneaux-portières et un grand tapis de table en satin brodé, couleur saumon. Travail japonais.

LIVRES